NIVEL
INTRODUCTORIO

LIBRO 1

Para leer al finalizar la Unidad 1
de Español Santillana, Nivel 1

El secreto
de su nombre

Rosana Acquaroni

SANTILLANA
ESPAÑOL

La colección LEER EN ESPAÑOL ha sido concebida, creada y diseñada
por el Departamento de Idiomas de Santillana Educación S.L.

© 2014, Rosana Acquaroni
© 2014, Santillana USA Publishing Company, Inc.
2023 NW 84th Avenue
Doral, FL 33122, USA
www.santillanausa.com

El secreto de su nombre
EAN: 9781622632152

Dirección editorial: Isabel C. Mendoza
Actividades: Lidia Lozano
Edición y coordinación: Aurora Martín de Santa Olalla Sánchez

Dirección de arte: José Crespo
Proyecto gráfico: Carrió/Sánchez/Lacasta
Ilustración de capítulos: Jorge Fabián González
Ilustración de mapa: Jorge Arranz
Jefe de proyecto: Rosa Marín
Jefe de desarrollo de proyecto: Javier Tejeda

Confección y montaje: Atype, S. L.
Corrección: Raquel Seijo
Fotografías: Shutterstock, ARCHIVO SANTILLANA

Grabaciones: Voces de cine

Published in The United States of America
Printed by Bellak Color, Corp.

20 19 18 17   3 4 5 6 7 8 9 10

ÍNDICE

Mapa 4

Capítulos
  I. ¿Dónde estoy? 5
  II. Coyoacán 8
  III. ¡Tiene batería! 10
  IV. Comida mexicana 11
  V. Un hombre misterioso 12
  VI. Final del desafío 16

Actividades 20

Soluciones 32

Vocabulario 39

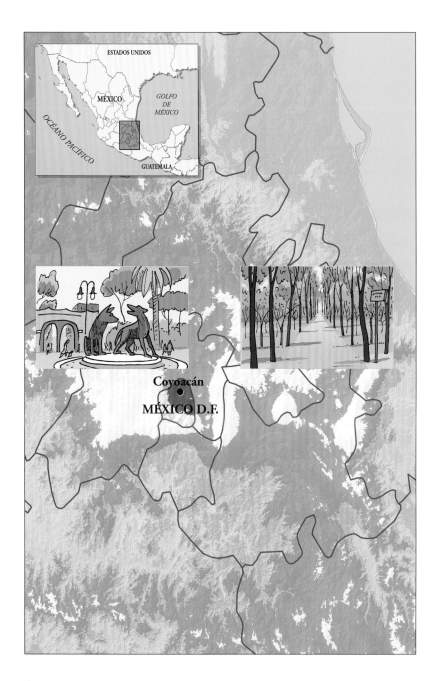

ESTADOS UNIDOS

MÉXICO

GOLFO
DE
MÉXICO

OCÉANO PACÍFICO

GUATEMALA

Coyoacán

MÉXICO D.F.

CAPÍTULO I

¿DÓNDE ESTOY?

Es invierno. Son las ocho de la mañana. Hace frío en el salón de clase. Los estudiantes escuchan a la profesora de Español.

—Por favor, abran sus libros. Página treinta. Tim, ¿puedes leer, por favor?

Tim Taylor es un chico alto, moreno, simpático. Tiene quince años y es muy estudioso. Pero hoy está cansado.

—Señora López, ¿puede repetir, por favor?

La señora López es la profesora de Español.

—Sí, claro, Tim. Página treinta.

Tim abre su libro y lee:

—*México. Empiezan[1] los desafíos[2]*…

«México, México, un país interesante y bonito: arqueología, museos, artesanía[3]…», piensa[4] Tim.

—Tim, por favor, ¿puedes leer? —repite la señora López.

«México, México: sol, verano, fiesta, música… ¡y comida mexicana! ¡Mi favorita!».

—¡Tim! ¿Estás bien? ¿Puedes leer, por favor? —la señora López está enojada.

Tim es un chico muy creativo.

«México, México, un país interesante y bonito: arqueología, museos, artesanía…», piensa Tim.

«¿Qué pasa[5]? ¿Dónde estoy? No estoy en el salón de clase», piensa Tim asustado[6].

Es cierto. Tim no está en el salón de clase.

«¿Dónde está la señora López? Y mis compañeros, ¿dónde están? Y yo, ¿dónde estoy? ¿Es un sueño[7]?».

Tim es un chico inteligente y atrevido, pero, en este momento, tiene miedo…

CAPÍTULO II

COYOACÁN

Es invierno, pero hace calor. Tim está en una plaza grande y vacía[8].

«¿Dónde estoy? ¿Cómo se llama esta plaza?», piensa Tim.

«¿Qué hora es?».

Son las nueve y cuarto, pero Tim no tiene reloj.

«Tengo hambre…».

Tim abre[9] su mochila: tiene su computadora, el libro de clase, dos lápices, un bolígrafo, un cuaderno, pero su teléfono no está.

«¡Es terrible! Mi teléfono no está y… no tengo comida, no tengo dinero… no tengo…», repite y repite Tim.

«Un momento… ¿Qué es este papel? ¿Un mensaje en mi mochila?». Tim lee:

MENSAJE NÚMERO 1:

Buenos días, Tim: ¡Bienvenido a México! Estás en la plaza de Coyoacán.

«Pero… ¡no es posible! ¿Estoy en México? ¿En Coyoacán?», piensa Tim. Está muy nervioso. No puede leer más. Pero el papel tiene más información.

MENSAJE NÚMERO 2:

Sí, Tim. Estás en Coyoacán, México, en la plaza de la Constitución. ¿Un paseo por Coyoacán?

—¡No! Tengo miedo… No tengo dinero, no tengo comida, no tengo teléfono… ¿Puedo hablar con mi familia?

La familia de Tim no es grande. Su madre se llama Mary. Ella es morena y alta, como Tim. Su padre se llama Peter. Es un hombre rubio y atlético. Tim tiene un hermano pequeño, se llama Tommy. Tommy es rubio y muy tímido. Mack es el abuelo de Tim. Es muy gracioso. También[10] es su persona favorita.

Unos minutos después[11], el papel contesta:

Perfecto, Tim; pero antes tienes una importante misión: completar este nombre secreto:

$$\underline{\ }\ \underline{\ }\ \underline{\ }\ D\ \underline{\ }\qquad\qquad \underline{\ }\ \underline{\ }\ \underline{\ }\ LO$$

¿Estás preparado? ;)

—¡Es increíble! ¡Un mensaje nuevo[12]! ¿Quién escribe este texto? Este papel… ¡es mágico!

¿Qué significa ese nombre? ¿Es el nombre de una persona? ¿Es un hombre o una mujer? ¿Es un nombre mexicano? ¿Quién escribe estos mensajes? Tim es un chico muy curioso, pero está muy cansado.

CAPÍTULO III

¡TIENE BATERÍA!

Son las diez de la mañana. El calor en la plaza es insoportable. El hambre, también. Tim está muy mal. No puede hablar con su familia. Su teléfono está en su mesa del salón de clase.

Tim tiene una buena idea:

«¡La computadora! ¡Tengo mi computadora en la mochila!». Nuestro chico saca[13] la computadora.

«¡Perfecto! ¡La computadora tiene batería!», piensa Tim.

Sus padres no están en casa durante la mañana[14]… Están en la oficina. Pero puede escribir el mensaje a su abuelo.

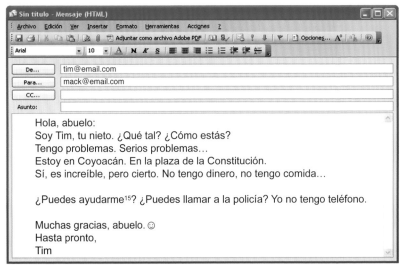

Hola, abuelo:
Soy Tim, tu nieto. ¿Qué tal? ¿Cómo estás?
Tengo problemas. Serios problemas…
Estoy en Coyoacán. En la plaza de la Constitución.
Sí, es increíble, pero cierto. No tengo dinero, no tengo comida…

¿Puedes ayudarme[15]? ¿Puedes llamar a la policía? Yo no tengo teléfono.

Muchas gracias, abuelo. ☺
Hasta pronto,
Tim

CAPÍTULO IV

COMIDA MEXICANA

Son las once y cuarto en el reloj de la plaza. Tim está muy aburrido. Sus amigos no están y no puede hablar con ellos…

Abre su cuaderno y busca su horario escolar: «A las doce tengo clase de Matemáticas y a la una menos cuarto tengo clase de Educación Física, ¡mi favorita! Pero… no puedo ir».

En la misma página[16] del cuaderno, Tim lee el mensaje número 3:

> **MENSAJE NÚMERO 3:**
>
> *Tim: busca el Parque Nacional Viveros. Aquí tienes un mapa. ¡Ah! ¿Tienes hambre? Abre la mochila…*
> *¡Hasta luego!*

Tim abre su mochila.

«¡Chocolate!».

Tim está contento, muy contento.

En la mochila hay más comida…

«¡Es fantástico! ¡Tengo tacos! ¡Mi comida mexicana favorita!».

Tim está emocionado. Busca un lugar[17] confortable para[18] empezar su comida.

Después, abre el mapa y encuentra el Parque Nacional Viveros.

CAPÍTULO V

UN HOMBRE MISTERIOSO

T im está en el Parque Nacional Viveros. Es un lugar muy bonito, con árboles muy diferentes. Son las doce y media y hace un poco de viento. Los padres pasean con sus hijos y sus mascotas, los abuelos pasean con sus nietos…

«Mi abuelo Mack…». Tim está triste. Saca la computadora de la mochila. No tiene mensaje de su abuelo, pero tiene un nuevo mensaje misterioso:

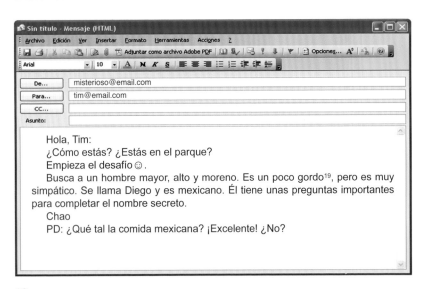

De... misterioso@email.com
Para... tim@email.com
CC...
Asunto:

Hola, Tim:
¿Cómo estás? ¿Estás en el parque?
Empieza el desafío ☺.
Busca a un hombre mayor, alto y moreno. Es un poco gordo[19], pero es muy simpático. Se llama Diego y es mexicano. Él tiene unas preguntas importantes para completar el nombre secreto.
Chao
PD: ¿Qué tal la comida mexicana? ¡Excelente! ¿No?

«Tres preguntas importantes… Un hombre un poco gordo, mayor y muy simpático…», repite Tim, nuestro pequeño héroe.

~ ~ ~

–Soy yo.

–¿Quién es usted? –pregunta Tim con miedo.

–Yo soy Diego. El hombre un poco gordo y mayor… ¿Y tú? ¿Cómo te llamas?

–Me… llamo Tim… Tim Taylor.

–Encantado, Tim.

–Mucho gusto, Diego –contesta Tim, un poco nervioso.

–¿Estudias español en la escuela? –pregunta Diego.

–Sí… Mi profesora es la señora López. Es fantástica.

–Hablas muy bien español.

–Muchas gracias –dice Tim, un poco tímido–. ¿Es usted mexicano?

–Sí, de Guanajuato. Pero mi esposa es de Coyoacán.

–Y ella… ¿dónde está?

–En casa. Está enferma. Un accidente de auto…

–Lo siento, Diego.

–Gracias, Tim. Es una mujer increíble, muy inteligente y creativa.

–¿Tienen hijos?

–¿Más preguntas? ¿Eres muy curioso, no?

–Es cierto… Soy muy curioso –explica Tim.

–Yo también tengo preguntas… –dice Diego muy serio–. Son preguntas importantes para completar el mensaje secreto. ¿Estás preparado?

–Sí, claro –contesta Tim.

–Muy bien. Pregunta número uno: ¿Cómo se dice "cold" en español?

–Se dice «frío» –contesta Tim sin problemas.

—*Yo soy Diego. El hombre un poco gordo y mayor… ¿Y tú? ¿Cómo te llamas?*

–Muy bien. Pero… ¿cómo se escribe «frío» en español? Deletrea.

–«Efe», «erre», «í»…

–Escribe «efe», «erre», «i». Estas tres letras están en el nombre secreto.

Tim saca el papel y escribe:

R

F

I

–Pregunta número dos: ¿Cómo se escribe «queso» en español?

–«Cu», «u», «e», «ese», «o» –deletrea Tim.

–Excelente, chico. ¿Y «kilo»? –pregunta Diego.

–«Cu», «i»…

–«¿Cu?» –repite Diego.

–¡Ay! ¡No! «Ka», «i», «ele», «o» –corrige Tim.

–Muy bien, Tim. En el nombre secreto hay una «ka».

Tim escribe en su papel una letra más:

R

F   K

I

CAPÍTULO VI

FINAL DEL DESAFÍO

Es la una y media de la tarde. No hace sol. Está nublado en el Parque Nacional Viveros. Tim está muy nervioso. Tiene miedo de la pregunta final.

–Pregunta número tres: ¿Cómo se dice «carrot» en español?
–«Carrot» en español se dice «zanahoria».
–Y, ¿cómo se escribe «zanahoria»? –pregunta Diego.
–«Zeta», «a», «ene», «a», «hache», «o», «erre», «i», «a» –contesta Tim.
–¡Sí, perfecto! Atención: esta palabra tiene una letra especial…
–Sí, claro –contesta rápido Tim–, la «hache». No se pronuncia.
–Excelente, chico. La «hache» es también una letra de nuestro nombre misterioso –dice Diego.

R

F   **K H**

I

–Por último, solo falta una vocal[20]. Esta vocal aparece dos veces. Es la letra número uno del alfabeto español.

–¡La «a»!

–¡Muy bien! Ordena y escribe. Tienes dos minutos.

R

F   A   K A H

I

Tim está muy nervioso. Busca, ordena, completa… No tiene tiempo…

__ __ __ D __ __ __ __ LO

–Por favor, Diego, ¿puede ayudarme? –dice Tim.

–Puedo contestar tres preguntas… –explica Diego.

–Es suficiente –dice Tim–. ¿Es una artista famosa?

–Sí, muy famosa.

–¿Es mexicana?

–Sí, de Coyoacán.

–¿Es pintora?

–¡Sí!

–Es… ¡Frida Kahlo!

—Muy bien, Tim. ¡Excelente! —dice la señora López, la profesora de Español—. *Ella es Frida Kahlo y su esposo es Diego Rivera.*

Es invierno. Son las ocho y media de la mañana. Hace frío en el salón de clase. Los estudiantes escuchan a la profesora de Español.

–Muy bien, Tim. ¡Excelente! –dice la señora López, la profesora de Español–. Ella es Frida Kahlo y su esposo es Diego Rivera. Dos pintores mexicanos fantásticos.

ACTIVIDADES

Antes de leer

1. **Decide.** Read the title of the story. What do you think it means? Decide which sentence best explains its meaning.

   ☐ a. Nuestros nombres tienen un secreto.

   ☐ b. Un secreto tiene un nombre.

   ☐ c. Su nombre tiene un secreto.

2. **Identifica.** The following words are important in the story you are about to read. Identify the words that are cognates.

clase	☒	comida	☐	computadora	☐
creativo	☐	chocolate	☐	escribir	☐
educación	☐	esposo	☐	estar	☐
escuchar	☐	estudiar	☐	estudiante	☐
famoso	☐	fantástico	☐	imaginación	☐
inteligente	☐	leer	☐	letra	☐
teléfono	☐	mapa	☐	mensaje	☐
mexicano	☐	misterio	☐	música	☐
nombre	☐	página	☐	parque	☐
pintor	☐	plaza	☐	pronunciar	☐
profesor	☐	secreto	☐	zanahoria	☐

3. **Investiga y elige.** Frida Kahlo and Diego Rivera are two important Latin American artists. Look for information about their lives on the Internet and choose the correct option to complete each sentence.

1. Frida Kahlo es _____. 2. Es_____.

a) argentina   a) profesora
b) chilena   b) pintora
c) mexicana   c) directora de cine

3. Diego Rivera es_____. 4. Es _____.

a) español   a) pintor
b) mexicano   b) músico
c) ecuatoriano   c) poeta

5. Frida Kahlo es la _____ de Diego Rivera.

a) madre
b) hermana
c) esposa

Durante la lectura

Capítulo I

4. **1** **Escucha y contesta.** Listen to the chapter and answer the questions.

   a. ¿Dónde están Tim y los estudiantes?
   b. ¿Qué estación del año es?
   c. ¿Qué tiempo hace en el salón de clase?

5. **Elige.** Choose the clock that represents the time at which the story begins.

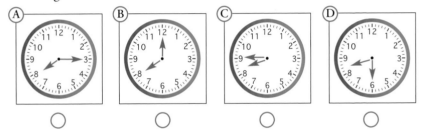

6. **¿Cierto o falso? Decide.** Are these statements true (*cierto*) or false (*falso*)?

   a. Los estudiantes leen un libro de España.
   b. Tim es un chico simpático y creativo.
   c. Tim tiene 17 años.

7. **Completa.** What happens at the end of the first chapter? Complete the blanks with the correct word.

   a. Tim no lee su _____.
   b. Él no está en el _____.
   c. ¿Dónde están sus _____?
   d. Tim tiene _____.

8. **Escribe.** Write the correct word to identify each illustration.

_ _ _ _ _ _

_ _ _ _ _ _

_ _ _ _ _ _

_ _ _ _ _ _

_ _ _ _

_ _ _ _ _ _

Capítulo II

9. ② **Escucha y completa.** Complete each sentence with the appropriate word.

   a. Tim está en _____.
   b. En su mochila está su computadora, pero no está su _____.
   c. Tim lee un _____.

10. **Une.** Match each phrase with the appropriate sentence ending.

    1. Tim tiene su mochila, pero...   a. «Bienvenido a México».
    2. Tim lee un mensaje: b. no tiene comida, no tiene teléfono, no tiene dinero.
    3. Tim está en...   c. Coyoacán, en la plaza de la Constitución.

11. **Completa.** Complete each sentence with the family member's name, description, and relationship to Tim.

①   ②   ③   ④

1. Se llama _____. Es _____ y _____. Es la _____ de Tim.
2. Se llama _____. Es _____ y _____. Es el _____ de Tim.
3. Se llama _____. Es muy _____. Es el _____ de Tim.
4. Se llama _____. Es _____ y muy _____. Es el _____ de Tim.

12. Une. Match each adjective with its opposite.

1. rubio	a. antipático
2. alto	b. moreno
3. simpático	c. pequeño
4. grande	d. bajo

13. Elige. What is Tim's challenge? Choose the best answer.

☐ a. Visitar Coyoacán.
☐ b. Descubrir un nombre secreto.
☐ c. Hablar con su familia de México.

14. Investiga. Use the Internet to research about Mexico and the city of Coyoacán. Share the information and photos with your classmates.

Capítulo III

15. ③ Escucha y corrige. This chapter summary contains three incorrect details. Identify them and replace them with the correct information.

Son las 10 de la mañana, hace calor y Tim tiene hambre. No tiene dinero, no tiene comida, pero tiene una computadora. La computadora no tiene batería. Tim escribe un mensaje a su madre: «¿Puedes ayudarme? ¿Puedes llamar a un doctor?». Tim no puede llamar porque no tiene teléfono.

16. Contesta. Answer the following questions.

a. ¿Dónde está el teléfono de Tim?
b. ¿Por qué escribe Tim a su familia?
c. ¿Dónde están sus padres?

17. Elige. Identify the phrases that best describe how Tim is feeling.

☐ tiene miedo	☐ tiene frío	☐ tiene hambre
☐ tiene calor	☐ está cansado	☐ está mal

18. Escribe. Imagine that you are Tim's grandfather. Write a short response to him.

Hola, Tim:

_____

_____

_____

_____

Capítulo IV

19. ④ **Escucha y completa.** Write the words that best complete this chapter summary, according to the story.

Tim está aburrido, sus amigos no están con él. Abre su _____ y lee el mensaje número 3. El mensaje tiene un mapa. Tim abre su mochila. Está contento: en la mochila hay _____ y _____. Tim busca un lugar para empezar su comida.

20. Une. Match each statement with the time at which it takes place.

1. Tim está en la plaza de la Constitución.
2. A esa hora Tim tiene clase de Matemáticas.
3. A esa hora Tim tiene clase de Educación Física.

a   b   c

21. ¿Cierto o falso? Decide. Are these statements true *(cierto)* or false *(falso)*?

    a. Tim está muy aburrido.

    b. Tim está en clase y estudia Matemáticas.

    c. Tim come chocolate, su comida mexicana favorita.

    d. Tim encuentra el Parque Nacional Viveros en el mapa.

22. Ordena. Unscramble the words that appear in chapter IV.

    a. JOLRE: _____

    b. BUDIAROR: _____

    c. RIOHOAR: _____

    d. CIOEMODONA: _____

23. Completa. Complete each sentence with a word from the previous activity.

    a. En el _____ son las once y cuarto.

    b. Tim está muy _____.

    c. Tim busca su _____ de clase.

    d. Tim tiene comida y está _____.

24. Investiga. Use the Internet to research about the *Parque Nacional Viveros de Coyoacán*. Share the information with your classmates.

Capítulo V

25. **5** **Escucha y contesta.** Answer the questions.

    a. ¿Dónde está Tim?
    b. ¿Cómo está Tim?
    c. ¿Tiene un mensaje de su abuelo?
    d. ¿Cómo se llama el hombre mayor, alto y moreno?

26. **Ordena.** Put the sentences in order according to the chapter.

    a. Su esposa está enferma por un accidente de auto.
    b. Tim pregunta a Diego quién es él.
    c. Diego ayuda a Tim a completar el mensaje secreto.
    d. Diego es mexicano y su esposa, también.

27. **Identifica.** Identify the adjectives that best describe Diego. They are synonyms of the words that appear in the chapter. You may use a dictionary to help you.

    maduro ☐   joven ☐   delgado ☐

    un poco obeso ☐   antipático ☐   agradable ☐

28. **Describe.** Look at the illustration on page 14 and write a short description.

29. **Escribe.** Briefly identify each of the following characters.

    Diego Rivera   Mack Taylor

    Tim Taylor   Peter Taylor

    Señora López   Tommy Taylor

30. **Une.** Match each place name with the corresponding category.

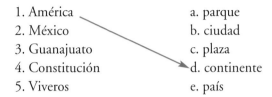

1. América   a. parque
2. México   b. ciudad
3. Guanajuato   c. plaza
4. Constitución   d. continente
5. Viveros   e. país

Capítulo VI

31. **6 Escucha y elige.** Choose the answer that best completes each statement.

1. Al final de la historia…
   a. Tim descubre la respuesta del mensaje misterioso.
   b. Tim conoce a Frida.
   c. Tim encuentra a su abuelo.

2. La respuesta al misterio es…
   a. el nombre de una ciudad mexicana.
   b. el nombre de una pintora mexicana.
   c. una comida típica de Coyoacán.

3. Frida Kahlo es…
   a. una mujer de Guanajuato, esposa de Diego Rivera y pintora famosa.
   b. una mujer española, esposa de Diego Rivera y artista famosa.
   c. una pintora famosa de Coyoacán y esposa de Diego Rivera.

4. Al final de la historia, Tim está…
   a. en su clase de Español, con la profesora y los estudiantes.
   b. en su casa, con su familia.
   c. en casa de Diego Rivera y Frida Kahlo.

32. **Une.** Match the columns to form logical sentences according to the story.

1. Tim está…   a. la hache.
2. Tim tiene miedo…   b. en el Parque Nacional Viveros.
3. Está nublado…   c. no se pronuncia.
4. Una letra del nombre misterioso es… d. de la pregunta final.
5. En español, la letra hache...   e. muy nervioso.

33. **Completa.** Complete each sentence with the correct conjugation of *hacer, tener,* or *estar.*

a. Tim _____ frío.
b. En el Parque Nacional Viveros no _____ calor.
c. Hoy _____ nublado.
d. Son las ocho y media y _____ frío en el salón de clase.

34. **Describe.** Look at the illustration on page 18 and write a short description.

Después de leer

35. **Ordena.** Put the sentences in order to form a summary of the story.

   a. Tim conoce a Diego Rivera.
   b. Tim está en clase de Español y lee un libro de México.
   c. Tim tiene miedo. En su mochila hay un mensaje.
   d. Tim descubre el nombre misterioso.
   e. Tim está en Coyoacán.

36. **Investiga y habla.** Frida Kahlo and Diego Rivera were two influential Latin American painters. Below there is a list of other famous Latin American artists and performers. Choose one of the people and use the Internet to create a short presentation about his or her nationality and profession. Share your presentation with your classmates.

   • Isabel Allende
   • Jorge Luis Borges
   • Fernando Botero
   • Juanes
   • Gael García Bernal
   • Gabriel García Márquez
   • Salma Hayek
   • Pablo Neruda
   • Benicio del Toro

SOLUCIONES

1. c.

2.

clase	☒	comida	☐	computadora	☒
creativo	☒	chocolate	☒	escribir	☐
educación	☒	esposo	☒	estar	☐
escuchar	☐	estudiar	☒	estudiante	☒
famoso	☒	fantástico	☒	imaginación	☒
inteligente	☒	leer	☐	letra	☒
teléfono	☒	mapa	☒	mensaje	☒
mexicano	☒	misterio	☒	música	☒
nombre	☐	página	☒	parque	☒
pintor	☒	plaza	☒	pronunciar	☒
profesor	☒	secreto	☒	zanahoria	☐

3. 1-c, 2-b, 3-b, 4-a, 5-c.

4. a. En la clase de Español.
   b. Es invierno.
   c. En el salón de clase hace frío.

5. B. Son las ocho.

6. a. falso, b. cierto, c. falso.

7.   a. Tim no lee su LIBRO.
     b. Él no está en el SALÓN DE CLASE.
     c. ¿Dónde están sus COMPAÑEROS?
     d. Tim tiene MIEDO.

8.

LIBRO

PROFESORA

COMIDA

ARTESANÍA

SOL

MÚSICA

9. a. Tim está en COYOACÁN.

    b. En su mochila está su computadora, pero no está su TELÉFONO.

    c. Tim lee un MENSAJE.

10. 1-b, 2-a, 3-c.

11. 1. Se llama MARY. Es MORENA y ALTA. Es la MADRE de Tim.

    2. Se llama PETER. Es RUBIO y ATLÉTICO. Es el PADRE de Tim.

    3. Se llama MACK. Es muy GRACIOSO. Es el ABUELO de Tim.

    4. Se llama TOMMY. Es RUBIO y muy TÍMIDO. Es el HERMANO de Tim.

12. 1-b, 2-d, 3-a, 4-c.

13. b.

15. Son las 10 de la mañana, hace calor y Tim tiene hambre. No tiene dinero, no tiene comida, pero tiene una computadora. La computadora TIENE BATERÍA. Tim escribe un mensaje a su ABUELO: «¿Puedes ayudarme? ¿Puedes llamar a LA POLICÍA?». Tim no puede llamar porque no tiene teléfono.

16. a. En su mesa del salón de clase.

    b. Porque tiene problemas.

    c. Están en la oficina.

17. ☐ tiene miedo   ☐ tiene frío   ☒ tiene hambre

    ☒ tiene calor   ☐ está cansado   ☒ está mal

18. Modelo de mensaje

Hola, Tim:

¿Cómo estás? ¿Dónde están tu profesora y los estudiantes? Sí, puedo llamar a la policía.

Un abrazo,

tu abuelo Mack

19. Tim está aburrido, sus amigos no están con él. Abre su CUADERNO y lee el mensaje número 3. El mensaje tiene un mapa. Tim abre su mochila. Está contento: en la mochila hay CHOCOLATE y TACOS. Tim busca un lugar para empezar su comida.

20. 1-a, 2-c, 3-b.

21. a. cierto
b. falso
c. falso
d. cierto

22. a. RELOJ
b. ABURRIDO
c. HORARIO
d. EMOCIONADO

23. a. En el RELOJ son las once y cuarto.
b. Tim está muy ABURRIDO.
c. Tim busca su HORARIO de clase.
d. Tim tiene comida y está EMOCIONADO.

25. a. Está en el Parque Nacional Viveros.

b. Tim está triste.

c. No, no tiene un mensaje de su abuelo.

d. El hombre mayor, alto y moreno se llama Diego.

26. b, d, a, c.

27. Maduro, un poco obeso, agradable.

28. Modelo de descripción

Tim y Diego Rivera están en el parque. Diego es mayor y está un poco gordo. Es un lugar muy bonito, con muchas flores. Hace un poco de viento. Los padres pasean con sus hijos.

29. DIEGO RIVERA: es el pintor mexicano.

TIM TAYLOR: es un chico de 15 años. Es alto y moreno.

SEÑORA LÓPEZ: es la profesora de Español.

MACK TAYLOR: es el abuelo de Tim.

PETER TAYLOR: es el padre de Tim.

TOMMY TAYLOR: es el hermano de Tim.

30. 1-d, 2-e, 3-b, 4-c, 5-a.

31. 1-a, 2-b, 3-c, 4-a.

32. 1-e, 2-d, 3-b, 4-a, 5-c.

33. a. Tim TIENE frío.

b. En el Parque Nacional Viveros no HACE calor.

c. Hoy ESTÁ nublado.

d. Son las ocho y media y HACE frío en el salón de clase.

34. Modelo de descripción

Son las ocho y media de la mañana. Tim está en clase de Español con sus compañeros. También podemos ver el autorretrato de Frida Kahlo y Diego Rivera.

35. b, e, c, a, d.

36. Isabel Allende
Escritora, Chile

Jorge Luis Borges
Escritor, Argentina

Fernando Botero
Pintor y escultor, Colombia

Juanes
Cantante, Colombia

Gael García Bernal
Actor, México

Gabriel García Márquez
Escritor, Colombia

Salma Hayek
Actriz y directora, México

Pablo Neruda
Escritor, Chile

Benicio del Toro
Actor y director, Puerto Rico

VOCABULARIO

1. empiezan (*inf.* empezar)   (they) begin
2. desafíos   challenges
3. artesanía   handicraft
4. piensa (*inf.* pensar)   (he) thinks
5. ¿Qué pasa?   What happens?
6. asustado   scared
7. sueño   dream
8. vacía   empty
9. abre (*inf.* abrir)   (he) opens
10. también   also
11. después   after
12. nuevo   new
13. saca (*inf.* sacar)   (he) takes out
14. durante la mañana   during the morning
15. ¿Puedes ayudarme?   Can you help me?
16. misma página   same page
17. lugar   place
18. para   to
19. un poco gordo   a little overweight
20. solo falta una vocal   just one vowel is missing